U0643991

Stephen Crane

Stephen Crane

斯蒂芬·克莱恩 诗全集

〔美〕斯蒂芬·克莱恩——著　凌越　王东——译

The Complete Poems of Stephen Crane

上海译文出版社

斯蒂芬·克莱恩：解开我的谜语

斯蒂芬·克莱恩是美国文学史上罕见的早熟天才，在文学作品惊人的早熟方面也许只有法语里的兰波和德语里的毕希纳可以与其一较高下。经过生前短暂的埋没，这三位早熟天才的作品都已成为各自国家和语言里公认的瑰宝。只是三人在文学体裁上各有所长，兰波毋庸置疑是19世纪最杰出的法语诗人之一，毕希纳的戏剧中"凸显出的天分及其成功的希望如此巨大而明确，以至于我们所拥有的作品就像是对他可能创作出的作品的拙劣模仿"（斯坦纳语），而克莱恩在22岁写就、24岁出版的长篇小说《红色英勇勋章》立刻引起广泛关注，当时几位重要作家——康拉德、亨利·詹姆斯、H.G.威尔斯等都对小说中的反讽手法和精巧含蓄的象征主义给予高度评价，而且这本小说也毫无阻碍地成为美国文学中的经典名篇。

但克莱恩作为美国重要诗人地位的确定却不是一帆风顺的，虽然乘着《红色英勇勋章》一时洛阳纸贵的东风，在小说出版同年的1895年末，柯普兰·戴出版社就将克莱恩68首短诗结集出版，题为《黑色骑士》。他的第二部诗集《战争是仁慈的》是在克莱恩生命的最后一年（1900 年）出版的。两本诗集加上未收入诗集的零散诗篇，克莱恩全部诗作大概有一百三十余首，和克莱恩小说一炮走红相比，他的诗作因为过于超前和冷峻，而让当时的读者颇感不适，因而在相当长的时间里被忽视，直到 20 世纪中叶才引起人们普遍重视。对克莱恩诗歌经典地位确定起到至关重要作用的是美国 20 世纪中叶名重一时的诗人和批评家，《梦歌》作者约翰·贝里曼。他是最早给予克莱恩诗歌高度评价的重要批评家。

斯蒂芬·克莱恩 1871 年生人，是家里的第 14 个孩子（存活下来的第 9 个）。他的父亲生长于一个古老而显赫的家庭，曾做过新泽西卫理公会的长老、教师和牧师。他母亲也有着来自卫理教派教长的高贵血统。父亲在克莱恩 9 岁时去世，而母亲为了支撑家庭围绕卫理公会和妇女的改革事业，进行写作和演讲，与此同时，他的家在新泽西的一些地方搬来搬去。 在克莱恩 20 岁时母亲也去世了。可以想象，克莱恩之后的生活更加艰难了，在学校克莱恩是一个叛逆的学生，主要精力花在抽烟和打棒球上。先是在克拉夫洛克大学，这是一所卫理公会的预备学校，那里要求学生每天研究《圣经》；然后是拉法耶特大学，在那里他的所有科目都不及格；最后他转到锡拉丘兹大学，他继续在班上自行其是，对书本知识非常不屑。他对社会上已成定规的各种安排和道理习惯性地抱持怀疑的态度，这使他对他哥哥汤利的新闻采访社更感兴趣些，于是在 1891 年春天，他中断了正式教育，投身新闻事业。在那里，克莱恩因报道美国机械公司的低级职员游行而不慎得罪了劳资双方，结果是不仅他自己被解雇，而且还连累哥哥也遭解雇。

离开学校后的克莱恩住在纽约，没有固定住所也没有固定收入，除了给报纸写些稿件外他完成了自己的第一部小说。《玛吉》——他的处女作，描写一个纽约贫民窟的女孩被引诱、奸污直至堕落为街头妓女。手头拮据的克莱恩向哥哥借钱在 1893 年出版了此书，但小说根本无人问津。克莱恩通过寄赠书的方式总算为他赢得两位重要读者——当时颇富声望的美国作家哈姆林·加兰和豪厄尔斯，这两位热心的作家非常欣赏克莱恩，并资助他出版了他最重要的小说《红色英勇勋章》。他们不仅欣赏克莱恩的小说，对克莱恩的诗人生涯也有重要影响。一种说法是，克莱恩写诗的冲动是在豪厄尔斯的家里被激发的，当时后者正在向克莱恩等友人朗诵艾米莉·狄金森的诗句，克莱恩觉得自己也可以写作这样的诗歌，于是开启了自己的诗人生涯。1893 年 3 月，克莱恩像往常一样不修边幅，到加兰家吃饭，他在破破烂烂的灰色外套口袋里有意随便塞了一摞纸，表面上若无其事的样子，加兰开门见山，要他把那些纸拿出来看看。"我在打开他的手稿时，"加兰后来写道，"发现那是一组诗歌，用蓝墨水写在单张的法律用笺上面，每首诗都没有一点涂改，几乎不加标点符号，字迹清晰秀丽，格式严谨整齐。"加兰对这些诗大为欣赏，问克莱恩是否还有，后者回答说还有四五首，一边指着自己的脑袋："在这儿，全排着队呢。"于是克莱恩坐下来，挥笔写出一首完整的诗。

当然，克莱恩生前巨大的声誉完全建立在小说《红色英勇勋章》的基础之上，并因此成为数家报纸共同聘用的记者。1896年，他试图到古巴报道西班牙—美国之间的战争未果，他乘坐的船只沉没，在海上漂了三天才获救，此番经历成为短篇小说《敞篷船》和诗歌《在细桅杆上漂流的人》这两件作品的素材。此后他去希腊采访那里的战争，打算之后再返回古巴。他生命的最后时光是在英格兰索塞科斯郡的布雷德普拉斯定居，与科拉·泰勒在一起，科拉曾是克莱恩在佛罗里达认识的一家妓院的鸨母。1900年，克莱恩死于肺结核，当时他还不到29岁。

克莱恩在此世待得不长，但他的命运却可以用颠沛流离来形容。很大程度上，正是这种生活塑造了克莱恩的诗歌，体现出他与现实社会的格格不入，或者确切地说，是对社会的谴责。当然作为卓越诗人，他对社会的批判态度是通过形式和修辞手段在很多不同层次上实现的。这些极简主义的象征手段使他的短小诗歌文本成为伸缩性极强的有机装置，令人惊叹地将宗教、战争、爱情、艺术、金钱等宏大主题轻易纳入其中。这种四两拨千斤的巧力明确无误地表明这是一位杰出诗人。

克莱恩全部诗作勾勒出一个在荒原上踽踽独行的诗人形

象。从一开始这位诗人就跳出了日常生活的樊笼，当他看时一般就是眺望，当他听时一般就是来自天际的隆隆雷声。日常生活里发生的点点滴滴的事情一般都不在他的关注之列，他的诗虽然都很短小，但支撑每首诗的框架却往往由地平线和天际线构成，如此也就轻易触及宇宙。克莱恩的诗中常见的景象包括——荒野、高山、沙漠、海洋等，它们的结构典型体现了诗的自我封闭的主体强烈的主观感受。这样的极简主义写法显然和英美现代派诗歌讲究具体意象铺陈的流行诗风是背道而驰的，但是在克莱恩喜欢使用的诸如沙漠、群山、海洋等空旷的意象之上，登场的往往是上帝或神灵，相形之下人本质意义上的渺小则被毫无遮蔽地裸呈出来。

也许是受到新闻和随后的小说写作的影响，在克莱恩通常短小的诗作中留给传统浪漫主义诗人感叹的空间很小，同时在有意压缩浪漫主义诗人泛滥的情感方面，克莱恩也明确显示出那个时代的美国诗人共有的对于有别于英国的美国诗神的追求。在追求美国文学的"自治"上，克莱恩和惠特曼、狄金森一样是 19 世纪美国文学里少数几位杰出的先驱，尽管他的早逝猝然打断了他正在铺展开的伟大事业，也就是说在诗风的锐利方面克莱恩不输给惠特曼和狄金森，但是其单薄的诗全集却不能像后两者那样展示出开阔广袤、包罗万象的诗歌全景。

克莱恩诗歌最突出的形式特征是动作和对话在诗中占据统治性地位，他的许多诗都像是被高度压缩的短篇故事，在短小的篇幅中有人物（经常不止一个）有情节有对话，但所有这些都在诗人极专注的凝视下，在诗歌技艺的抽象作用下发生了扭曲变形，因而带有明显的超现实意味。这些超现实诗作比后来在法国发轫的超现实主义诗歌运动早了三十年，而且显然比后者更加完美。试举一例，这首我很喜欢的《"在沙漠"》：

> 在沙漠
> 我看见一个人，赤裸，残忍，
> 蹲坐在地上，
> 捧着自己的心，
> 在嚼。
> 我问："好吃吗，朋友？"
> "苦啊——苦，"他回答，
> "但是我喜欢它
> 因为它苦，
> 因为它是我的心。"

　　整首诗是一个很写实的框架：我在沙漠上，看见一个赤裸的人蹲在地上吃东西。可是吃的东西就非同一般了——是那个人的心，这就很惊人了，在日常生活中，谁会看到这样的场景呢？更瘆人的是后面的对话："好吃吗，朋友？""苦啊——苦，"他回答，/"但是我喜欢它/因为它苦，/因为它是我的心。"整首诗所描述的场景和对话构成一种恐怖效果，在克莱恩诗中很多时候这种恐怖带来的震撼和艺术的震慑力是重叠的，它们以违反常规的方式，突兀且明晰地揭示出社会、宗教、时光等诸多宏大主题通常混沌不明的真相。这首诗中所描述的基督教意义的人的堕落形象既是被召唤的又是被质疑的，而同时内在皈依的"心"既是一种召回又是一种重塑。从这个意义上讲，克莱恩是在恢复过去基督教对人自负的怀疑以及对谦卑的欣赏。

克莱恩许多诗歌显现出具体化的认识论或存在主义谜团，他经常将诗歌写作的关注点聚焦于生活的神秘之处或者人和上帝之间徒劳的对峙上，而词语的张力则在一种荒唐的境遇下得到充分拉伸。克莱恩有一首诗《"解开我的谜语"》像是对于读者直接的吁请：

> 解开我的谜语。
> 残酷如鹰，时时刻刻飞来飞去，
> 伤者难得归乡死去，
> 巨浪中但见手臂高舞，
> 谎言更增嘲笑力度，
> 却存在神秘的平局。
> 解开我的谜语。

的确，克莱恩的许多诗就像难解的谜语，而且这谜语还很暴力残酷，让读者颇感惊悚不安，有如梦魇一样萦绕心头。比如在《"许多工匠"》一诗里，工匠们在山峰上建造了一个巨大的球，然后他们去到下面的山谷欣赏自己的作品——"它是宏伟的"，但是突然间大球滚动下来，冲向工匠们，把所有人碾压在血泊之中，"但有些人还有机会发出尖叫"。在《"一个愤怒的神"》里，一个愤怒的神在虐打一个人，扇耳光，用拳头猛击，被打的人一边挣扎一边发出尖叫，引来很多人围观，但是他们的评价却是："多么邪恶的人！／多么可敬的神！"在《"我站在高处"》里，"我"站在高处，俯视着下面的许多魔鬼，奔跑跳跃，"畅饮着罪恶"，其中一个突然抬起头，咧嘴笑着对我说："同志！兄弟！"这些诗都很简短，却出色地构成极为复杂的诗意，诗人自己、围观者、工匠等无一例外都成为诗歌本身审视批判的对象。

克莱恩诗歌的读者几乎总是被置于一种困难、妥协的位置，读者被要求做出决断，但谜团般的词语现实却在暗中不断设置障碍，因为克莱恩深知求解的过程恰恰也是艺术施展它的魅力的过程。对任何单一主体的惩罚是克莱恩写作目的的核心，它会强迫读者直接体验一种自我批判，这是克莱恩主要关注的问题之一。它不会像一般的浪漫主义诗歌那样，以美的名义让你麻醉，而是像针一样不断刺激你刺痛你，让你从俗世的混沌中警醒。而对于警醒的方向克莱恩也没有给予任何提示，因为他知道那不是诗歌分内的工作，克莱恩在给一个朋友的信中讲得清楚："如果存在任何的寓意和道理，我也不想指出来。我让读者自己去发现。"因此克莱恩诗歌虽然涉及不少宗教、社会的问题，却没有丝毫说教气。克莱恩诗歌显然关注多种宏大主题，但是他总有能力将这些主题约束在词语张力的范畴之内，一般来说这个过程总是很困难，而是否可以顺利完成也可方便地检验诗人才能的高下。

作为卫理公会牧师的儿子，克莱恩诗歌流露出浓重的宗教气氛是再自然不过的事了。在克莱恩篇幅不大的诗全集中，上帝这个字眼出现了大约60次之多。总的来说，他的诗歌显示了克莱恩对那种文绉绉的宗教虔诚和道德虔诚气氛的自觉挑战。和狄金森的作品不同，克莱恩诗歌里没有持久不变的玄学分析，他关心的是上帝的形象如何引导人的行为或者人的行为如何利用上帝的形象。在他的诗中，上帝并不能带来慰藉，上帝和人一样也是孤立无援的："没有上帝，没有人，也无处站立／于我将是至关重要的。"甚至上帝也会死去：

上帝躺在天堂里死了；
天使唱着送终的圣歌；
紫色的风呜咽着，
他们的翅膀滴着一滴滴
血
掉落在地上。

那呻吟之物,

变成黑色并下沉。

然后从远方

充满死亡罪恶的洞穴中

怪兽们跑出来,因欲望而怒气冲冲。

他们打斗着

满世界争吵,

为吃上一口。

但在所有悲伤中,这情景令人难过,——

一个女人的手臂试图挡在

一个熟睡男子的头上

避开最后那只野兽的吞噬。

在这首诗中,上帝一开始就"躺在天堂里死了",被欲望搅动、相互争斗的世界一开始就失去宗教慰藉的可能,怪兽们从充满死亡罪恶的洞穴跑出来,争吵和打斗占据了这个世界,让这个世界变得残酷又无聊,而唯一的一抹温情却来自一名弱女子,一个堕落的、救赎的但也是可怜和脆弱的女子,她徒劳地试图用手臂遮挡着身边熟睡的男子,使他免于落入怪兽之口。这里揭示出的死亡正是被欲壑难填和暴力泛滥所毁坏的世界的最后下场。由此我们也可以看出,克莱恩诗歌核心观念不是宗教而是道德,和许多杰出诗人一样,他试图以毁坏僵化的道德规条的方式重建一种更富同情心更人性的道德感。正因为这个原因，当克莱恩最初的那些出版商要求他删掉诗中所谓的亵渎的内容时，他抗议说这样会"删减掉书中所有的道德意义，也许是所有的无政府思想。我尤其要坚持的正是这种无政府思想"。对此，我想所有敏感和有良知的读者都会支持克莱恩，因为无政府主义反对的正是堪称社会毒瘤的等级制度。

致谢。感谢上海译文出版社副总编黄昱宁和编辑宋佥，当他们得知我们在翻译《斯蒂芬·克莱恩诗全集》，即迅速决定出版这本诗集，使我们得以心无旁骛地进行译诗集最后的修订工作。感谢我的合作者王东女士，她认真细致的工作使我可以在一个相对干净的翻译文本之上展开我的翻译工作。感谢我五岁的孩子小熊，当我在客厅沙发上工作时，他经常在离我不远的地毯上玩他的乐高玩具，他可以很安静地独自玩很长一段时间，只是偶尔用他清澈无瑕的大眼睛好奇地向我这边望一眼，因为他知道爸爸正在做翻译。

凌　越

2018 年 7 月 27 日于广州

目　录

黑色骑士

战争是仁慈的

未结集的诗歌

黑色骑士

"黑色骑士来自海上"

黑色骑士来自海上。
伴着矛和盾碰撞时的叮当声,
以及马蹄和人的脚后跟的踢踏声,
疯狂的呐喊和头发的波浪
在风中飘扬:
这就是罪恶的旅程。

"三只小鸟排成行"

三只小鸟排成行
坐着凝望。
一个人路经那地方。
那时三只小鸟彼此唠叨着。

它们说："他认为他会歌唱。"
它们仰头大笑。
带着奇怪的表情
它们注视着他。
它们非常好奇，
那排成行的三只小鸟。

"在沙漠"

在沙漠

我看见一个人，赤裸，残忍，

蹲坐在地上，

捧着自己的心，

在嚼。

我问："好吃吗，朋友？"

"苦啊——苦，"他回答，

"但是我喜欢它

因为它苦，

因为它是我的心。"

"我有一千条舌头"

是的，我有一千条舌头，
九百九十九条说谎。
尽管我努力使用那唯一的，
它会听从我的意愿不唱高调，
却在我嘴里死去。

"从前来了一个人"

从前来了一个人

他说：

"给我把全世界的人都排列成行。"

于是立刻

人群中发出可怕的叫嚷声

反对被排成队列。

喧嚷的争执，遍及全世界。

持续很久；

血流淌着

经由那些不愿站成队列的人，

和那些渴望站成队列的人。

最后，那个人准备去死，哭泣着。

而那些沉溺于流血混战的人

不知道这巨大的愚蠢。

"上帝精心塑造着世界之船"

上帝精心塑造着世界之船。

借助全能又无穷的技巧

造出船体与风帆，

他把握船舵

准备做出调整。

他笔直地站立，得意地扫视着自己的作品。

这时——在决定性的时刻——出了差错，

上帝转过身，留心去看。

瞧，那只船，借这个时机，悄悄滑动了，

沿着路径巧妙无声地前行。

以至于，永无舵手地，航行在大海上

展开荒谬的旅程，

离奇地行进，

以严肃的目的转换方向

在愚蠢的风浪来临之前。

天上有许多人

为此而嘲笑。

"神秘的影子"

神秘的影子，俯身靠近我，

你是谁？

从何处来？

并且——告诉我——这公平吗

或者真理比吞食火焰更痛苦吗？

告诉我！

不必担心我会颤抖，

因为我不怕——我不怕。

那么，告诉我吧！

"我在这里寻着"

我在这里寻着；

那里找着；

哪儿都见不到我的爱人。

而——这时——

她就在我心里。

那么，我真的没什么可抱怨的

因为她虽美丽，越发美丽，

却决不会美得一如她

在我心里。

"我站在高处"

我站在高处，

看见下面有许多魔鬼

奔跑，跳跃，

畅饮着罪恶。

其中一个抬起头，咧嘴笑着，

说道："同志！兄弟！"

"倘若这茫茫人世要滚动远去"

倘若这茫茫人世要滚动远去，

留下黑色的恐惧，

无尽的暗夜，

无论上帝，还是人，还是立足之处

于我皆不重要

只要你和你洁白的双臂还在那里，

而坠入毁灭之路依然漫长。

"在一处荒凉的地方"

在一处荒凉的地方，
我遇见一位圣人
坐着，一动不动，
凝视着一份报纸。
他搭讪我：
"先生，这是什么？"
于是我明白我更伟大，
是的，比这圣人更伟大。
我立刻回答他：
"老人啊，老人，这是时代的智慧。"
那圣人羡慕地望着我。

"好吧，那么，我憎恨你"

"父辈的罪恶将会降到子女头上；那些憎恨我的，甚至会降到他们的第三代和第四代头上。"①

好吧，那么，我憎恨你，不义的画面；
邪恶的形象，我憎恨你；
那么，用你的复仇击打
那些盲目到来的
渺小之人的头颅，
这将是勇敢的事情。

---

① 此句出自《圣经·旧约·出埃及记》。

"如果有人为我渺小的生命作证"

如果有人为我渺小的生命作证，

见证我无数微弱的痛苦和挣扎，

他看到一个傻瓜；

而众神威吓傻瓜是不好的。

"一场血腥的战争冲突"

一场血腥的战争冲突。

土地变得黑暗光秃；

女人们哭泣；

幼儿们惊奇地跑动。

来了一个不了解这些事情的人。

他问，"为什么会这样？"

于是一百万人争着回答他。

口舌如此杂乱喧嚷，

而原因依然未明。

"我认为有更英勇的行为"

"说一说战争中的英勇行为吧。"

于是他们叙述着各种故事，——
"有坚定的抵抗
"以及为荣耀而痛苦的奔跑。"

啊，我认为有更英勇的行为。

"慈善，你是一个谎言"

慈善，你是一个谎言，
女人的玩物，
某些男人的娱乐。
在正义面前，
瞧，神殿的围墙
是可见的
借助你突现的影子形状。

"许多人拥挤着列队行进"

许多人拥挤着列队行进
他们不知道去哪里；
但是，不管怎样，成功或者灾祸
一切都将平等地到来。

有一个人寻找着新的道路。
他走进可怕的丛林，
最后他孤独地死去；
可是人们说他有胆量。

"在天国"

在天国，

一些小草叶

站在上帝面前。

"你们做了什么？"

除了一片小草叶，所有的草叶

都开始急切地讲述

它们一生的功绩。

这片小草叶靠后站着，

神情羞愧。

上帝立刻问道：

"那么你做了什么？"

小草叶回答："噢，我的主，

"记忆于我是痛苦的，

"因为，如果我做了善事，

"我并不知道。"

于是，披一身荣光的上帝，

从御座起身。

"噢，最好的小草叶！"他说。

"一个愤怒的神"

一个愤怒的神

在打一个人；

他扇着响亮的耳光

挥着重重的拳头

声音响彻大地。

所有人都跑过来。

这个人尖叫并挣扎，

发狂般地去咬神的脚。

人们喊叫着：

"啊，多么邪恶的人！"

以及——

"啊，多么可敬的神！"

"一个学者曾经走近我"

一个学者曾经走近我。

他说，"我知道那条路，——来吧。"

我对此喜出望外。

我们一起匆忙上路。

很快，我们为时过早地来到

我的眼睛毫无用处的所在，

而我认不清脚下的路。

我紧紧抓住朋友的手；

可是最后他哭嚷起来，"我迷路了。"

"在我前面"

在我前面
是绵延不绝的
雪，冰，炙热的沙漠。
可是我仍能越过这一切眺望，
那无限美丽的地方；
并且我能看见可爱的她
在树荫下行走。
当我凝视着，
一切皆不复存在
除了这美丽的地方和她。
当我凝视着，
在我的凝视中，渴望着，
这时又出现了
绵延不绝的
雪，冰，炙热的沙漠。

"我曾看见群山发怒"

我曾看见群山发怒，
在前线列阵。
与它们对战的是一个小矮人；
是的，他不会比我的手指大。
我大笑，对身旁的人说：
"他会获胜吗？"
"当然，"这个人回答；
"他的祖辈打败过它们许多次。"
然后我的确看到祖辈的很多美德，——
至少，协助这个矮小的人
抵抗群山。

"群星之中"

群星之中，
靠近太阳的温柔花园，
守护着你遥远的美丽；
不要把你的笑容洒向我脆弱的心房。
既然她在这儿
在一个漆黑之地，
不是你的黄金岁月
也不是你的银色夜晚
可以召唤我到你面前。
既然她在这儿
在一个漆黑之地，
我在此停下等待。

"我看见一个人在追逐地平线"

我看见一个人在追逐地平线；
他们兜着圈飞奔。
我对此不忍；
便搭讪这个人。
"这是徒劳，"我说，
"你永远不能——"

"你说谎，"他哭喊着，
继续奔跑。

"看呀，一个恶人之墓"

看呀，一个恶人之墓，
墓旁，一个严厉的幽灵。

一个手捧紫罗兰的忧郁少女走来，
但是幽灵抓住她的手臂。
"不要送花给他，"他说。
少女哭泣道：
"啊，我爱他。"
但是这个幽灵，冷酷地皱眉：
"不要送花给他。"

现在，是这样——
如果幽灵是正义的，
少女为什么会哭泣？

"在我面前有一座雄伟的山"

在我面前有一座雄伟的山，
我攀爬了许多时日
越过雪域。
当顶峰的景色出现时，
似乎我努力跋涉
去看的花园
尚在不可企及的远方。

"一个身着华服的年轻人"

一个身着华服的年轻人

徒步走在可怖的森林中。

在那儿他遇到一个刺客

全身古代的衣装打扮；

他，愁眉不展穿过灌木丛，

手持短剑浑身颤抖着，

冲向年轻人。

"先生，"后者说，

"我被施了魔法，相信我，

"去死，像这样，

"以中世纪的方式，

"依照最精彩的传奇；

"啊，多么快乐！"

随后他受了伤，微笑着，

死去，心满意足。

"'真理,'一个旅行者说"

"真理,"一个旅行者说,

"是一块岩石,一座雄伟的城堡;

"我曾经常去那里,

"甚至登上最高的塔楼,

"世界从那里眺望是黑暗的。"

"真理,"一个旅行者说,

"是一口气,一阵风,

"是影子,是幽灵;

"我已追寻许久,

"但我从未触摸到

"它的衣角。"

我相信第二个旅行者;

因为真理对于我

是一口气,一阵风,

是影子，是幽灵；

而我从未触摸到

它的衣角。

"看，从远方太阳的土地"

看，从远方太阳的土地

我归来。

来到一个挤满爬虫的地方，

而且充斥人的各种鬼脸，

笼罩着难以渗透的黑暗。

我退缩，嫌恶，

讨厌这一切。

我问他：

"这是什么？"

他缓声作答：

"精灵，这是一个俗世；

"是你的家。"

"假如我有勇气"

假如我有勇气
让红色的美德之剑
刺入我的胸膛，
让杂草丛生的土地
洒满我罪恶的血液，
你能给我什么？
带花园的城堡？
华丽的王国？

什么？一个希望？
那么，拿开你红色的美德之剑吧。

"许多工匠"

许多工匠
用砖石建造一个巨大的球
在山峰之上。
然后他们去到下面的山谷，
转身注视自己的作品。
"它是宏伟的，"他们说；
他们热爱这东西。

突然，它移动了：
急速冲向他们；
将所有人碾压于血泊中。
但有些人还有机会发出尖叫。

"两三个天使"

两三个天使

临近地面。

他们看见一座臃肿的教堂。

渺小黑色的人流

不断来往进入。

天使们困惑不解

想知道为什么人们会这样，

为什么他们如此长久地在里面停留。

"我在路上遇到一个人"

我在路上遇到一个人

他用友善的目光望着我。

他说："给我看看你的货物。"

我照做了

拿着一件递过去。

他说："这是罪恶。"

然后我又递过去另一件。

他说："这是罪恶。"

然后我又递过去另一件。

他说："这是罪恶。"

就这样直到最后

他总是说："这是罪恶。"

最后，我大声叫起来：

"可是我再没有什么了。"

于是他看着我

用更加友善的目光。

"可怜的灵魂，"他说。

"我站在大路上"

我站在大路上，
看，那边来了
许多奇怪的小贩。
每个人都向我比划着，
举着一些小雕像，说道，
"这是我的上帝模型。
"这是我喜欢的上帝。"

但是我说，"走开！
"让我留下我自己的，
"把你们的拿走；
"我不能买你们的上帝模型，
"你们尽可以随意喜欢那些小神像。"

"一个人看见空中有个金球"

一个人看见空中有个金球；

他爬着去取，

最终他拿到了——

它是黏土做的。

而奇怪之处就在这里：

当这个人回到地面

又去看时，

瞧，那儿是个金球。

而奇怪之处就在这里：

那是个金球。

是的，天啊，那是个金球。

"我遇到一个先知"

我遇到一个先知。
他双手捧着
智慧之书。
"先生，"我对他说，
"让我读吧。"
"孩子——"他开口道。
"先生，"我说，
"不要把我当小孩，
"因为我已经懂得许多
"你捧着的书中智慧。
"是的，很多。"

他微笑着。
然后打开那本书
送到我面前。——
奇怪，我竟突然什么也看不见。

"群峰在地平线上集合"

群峰在地平线上集合；

当我望去，

群山开始前进。

他们一边前进，一边高歌：

"啊！我们来了！我们来了！"

"海洋曾对我说"

海洋曾对我说:

"看!

"在远处岸边

"一个女人在哭泣。

"我已经留意到她。

"去告诉她这个消息,——

"我把她的恋人安放在

"凉爽的绿色大厅。

"那儿有大量金色的沙子

"以及珊瑚红的柱子;

"两条白鲢鱼守护他的灵柩。

"告诉她这个

"还有更多,——

"那大海的国王

"也在悲泣,衰老无助的人。

"忙乱的命运之神

"把尸体堆在他的手里

"直到他像孩子一样站起来

"拿着剩余的玩具。"

"狂怒的闪电划过云层"

狂怒的闪电划过云层；

沉闷的雷声隆隆作响。

一个崇拜者举起手臂。

"听啊！听啊！上帝的声音！"

"并非如此，"一个人说。

"上帝的声音在内心低语

"那么轻柔

"灵魂停顿，

"不发声响，

"努力倾听这些美妙的乐音，

"远远的，叹息着，像最微弱的呼吸，

"而所有的生命依然可以听清。"

"你爱我吗?"

你爱我吗?

我爱你。

那么,你是冷漠的懦夫。

是的;但是,亲爱的,
当我努力走向你,
人类的舆论,无数的丛林,
我错综混杂的存在,
我的生命,
陷在世界的须根之中
像温柔的面纱,——
阻止我。
我不能做出奇怪的举动
没有撕裂之声。
我不敢。

如果爱情爱着，

便没有世界

也没有言语。

一切都消失

除了爱的思念

和梦想的所在。

你爱我吗?

我爱你。

那么你是冷漠的懦夫。

是的；但是，亲爱的——

"爱独自走着"

爱独自走着。

石块割伤她柔软的双足，

荆棘划破她白皙的四肢。

一个同伴向她走来，

但是，唉，他帮不上忙，

因为他的名字叫"心痛"。

"我走在沙漠中"

我走在沙漠中。

我哭喊：

"啊，上帝，带我离开这个地方！"

一个声音说："这不是沙漠。"

我哭喊："哦，可是——

"这沙地，这酷热，这茫茫的地平线。"

一个声音说："这不是沙漠。"

"风中传来阵阵低语"

风中传来阵阵低语：

"再见！再见！"

黑暗中响起微弱的声音：

"再见！再见！"

我向前伸出双臂。

"不——不——"

风中传来阵阵低语：

"再见！再见！"

黑暗中响起微弱的声音：

"再见！再见！"

"我在黑暗中"

我在黑暗中；

看不清自己的话语

和内心的愿望。

这时忽然闪过一束强光——

"让我再进入黑暗中。"

"传统，你属于吃奶的孩子"

传统，你属于吃奶的孩子，

你是婴儿开心的乳汁；

却非成人所需内在的食物。

那么——

但是，唉，我们都是婴儿。

"许多红色魔鬼从我心里跑出来"

许多红色魔鬼从我心里跑出来

落到书页上。

他们如此之小

用笔就可以将它们捣碎。

许多在墨水里挣扎。

奇怪的是

我就是用这来自我内心的

红色污物写作。

"'照我一样思想，'一个人说"

"照我一样思想，"一个人说，

"否则你便可恶又邪恶；

"你是个讨厌的家伙。"

在考虑之后，

我说："那么我愿意成为讨厌的家伙。"

"从前有个人，——"

从前有个人，——

噢，真聪明！

从所有的酒中

他品出苦味，

在所有触摸中

他感到刺痛。

最后他这样叫喊：

"什么也没有，——

"没有生命，

"没有欢乐，

"没有痛苦，——

"除了观点一无所有，

"该死的观点。"

"我伫立在黑暗的世界中沉思"

我伫立在黑暗的世界中沉思，

不知道向何方迈步。

我看到人潮迅速

不断涌来，

充满渴望的面孔，

汹涌的欲望。

我向他们喊道：

"你们去哪里？你们看见了什么？"

一千个声音向我喊着。

一千个手指指着。

"看呐！看呐！在那里！"

我一无所知。

但是，瞧！在遥远的天空闪耀着光辉

妙不可言，非凡无比，——

幕布上画着一幅美景；

有时是，

有时不是。

我迟疑着。

这时从人潮中

传来咆哮的声音，

焦躁不安：

"看呐！看呐！在那里！"

于是我再次去看，

跳跃着，不再犹豫，

张开握紧的手指

愤怒地挣扎。

坚硬的山岗划破我的肉体；

道路割伤我的双脚。

最后我又去眺望。

遥远的空中没有

妙不可言，非凡无比的光芒；

幕布上没有美景；

我的眼睛总是渴求着光亮。

然后我绝望地哭泣：

"我什么也看不见！噢，我向哪里走？"

洪流再次转过脸：

"看呐！看呐！在那里！"

面对我心灵的盲区

他们尖叫着：

"傻瓜！傻瓜！傻瓜！"

"你说你是圣洁的"

你说你是圣洁的，

而那

是因为我未曾看到你犯罪。

是的，但会有人

看到你犯罪，我的朋友。

"一个人来到一个陌生的神面前"

一个人来到一个陌生的神面前，——

这许多人的神，可悲的智慧。

天神高声怒喝，

肥硕又愤怒，喘着粗气：

"跪下，凡人，奉迎

"屈膝敬拜

"我非凡崇高的威严。"

这个人逃走了。

然后这个人走向另一个神，——

他内在的思想之神。

这个神看着他

眼神温柔

闪烁着无限的理解，

说道："我可怜的孩子！"

"你为什么追求伟大，傻瓜"

你为什么追求伟大，傻瓜？

去扯下一根树枝戴上。

这就够了。

我的主啊，有一些外邦人

翘起他们的鼻子

就好像群星是繁花，

而你的仆人迷失在他们的鞋扣中。

我乐意让我的眼睛与他们的眼睛平齐。

傻瓜，去扯下一根树枝戴上。

"狂暴的神"

I

狂暴的神，

踏过天空，

高声威吓，

我不惧怕你。

不，即使从你最高的天庭

把你的矛刺进我的心脏，

我不惧怕你。

不，即使这打击

就像闪电击中一棵树也不怕，

我不惧怕你，自吹自擂之徒。

II

如果你可以看透我的心

我也并不惧怕你，

你将会明白我为什么不惧怕你，

以及为什么这是对的。

所以你啊，不要用你血腥的矛威胁，

否则你那尊贵的耳朵将听到诅咒。

III

然而，我惧怕一个人；

我惧怕看到那张脸上的悲痛。

或许，朋友，他不是你的神；

要是这样，唾弃他吧。

这样做你将不会渎神。

但是我——

啊，我宁愿死去

也不愿看到我灵魂的眼泪。

"'这样做是错的,'天使说"

"这样做是错的,"天使说。
"你应该像花一样活着,
"像小狗一样抓住恶意,
"像羔羊一样进行战争。"

"不是这样,"那个人说
他是无惧于神灵的;
"这只对天使来说才是错的
"他们竟可以像花一样活着,
"像小狗一样抓住恶意,
"像羔羊一样进行战争。"

"一个人在一条酷热的路上辛苦劳作"

一个人在一条酷热的路上辛苦劳作，

从不休息。

一次他看见一头肥硕愚蠢的驴子

从绿茵处向他咧嘴笑。

这个人狂怒地大叫：

"啊！不要嘲笑我，傻瓜！

"我知道你——

"整天都在填塞你的肚子，

"把你的心埋在

"草地和嫩芽里

"那不会让你满足的。"

但那头驴子只是从绿茵处向他咧嘴笑。

"一个人害怕他可能碰到一个刺客"

一个人害怕他可能碰到一个刺客；

另一个人害怕他可能碰到一个受害者。

一个比另一个更聪明。

"凭借眼睛和手势"

凭借眼睛和手势

你说你是圣洁的。

我说你在撒谎；

因为我确实看到你

把外衣

从罪恶身上拿掉并放在

小孩的手上。

骗子！

"圣人精彩地讲道"

圣人精彩地讲道。

他面前是两幅画像：

"喏，这一个是魔鬼，

"而这一个是我。"

他转过身。

这时一个狡猾的学生

调换了它们的位置。

圣人又转过身：

"喏，这一个是魔鬼，

"而这一个是我。"

学生们坐着，全都咧嘴笑，

为这游戏感到欣喜。

但这圣人是同一个圣人。

"在天空散步"

在天空散步，
一个穿着奇怪黑衣的人
遇到一个发光的形体。
这时他的脚步变得热切；
他虔敬地鞠躬。
"我的主啊，"他说。
但这个神灵不认识他。

"在我人生之路上"

在我人生之路上，

许多美人超越我，

全都穿着白衣，容光焕发。

对其中一个，我终于说话：

"你是谁呀？"

但她像其他人一样，

继续用斗篷蒙住脸，

匆忙中焦急地答道：

"我是'善行'，真的；

"你经常看到我。"

"没见过未穿斗篷的，"我回答。

于是用鲁莽有力的手，

尽管她在反抗，

我扯开蒙面罩

盯住虚荣的外表。

她面带愧色继续前行；

而我沉思了一会儿，

对自己说：

"笨蛋！"

"有一个男人和一个女人"

I

有一个男人和一个女人

犯了罪。

然后，那个男人把惩罚

全罗列在她的头上，

欢快地离开。

II

有一个男人和一个女人

犯了罪。

而这个男人与她站在一起。

如同在她的头上，他的头上也同样，

落下一次次击打，

所有人都在叫嚷："傻瓜！"

他有一颗勇敢的心。

III

他有一颗勇敢的心。

你会和他说话吗，朋友？

哦，他死了，

你失掉了机会。

让这成为你的悲痛吧

他死了

而你失去了机会；

因为，你是一个懦夫。

"有一个人过着火热的生活"

有一个人过着火热的生活。

甚至在时光的构成上，

紫色变为橙色时

以及橙色变为紫色时，

这样的生活绚丽夺目，

一块可怕的红色污渍，不可磨灭；

然而当他死时，

他感到他未曾活过。

"有一座宏伟的大教堂"

有一座宏伟的大教堂。

随着庄严的歌声,

一行白衣队列

向圣坛行进。

那个为首的人

身体挺直,举止傲然。

然而有人可能看到他在畏缩,

犹如处于险境,

畏惧的眼神瞥向空中,

兀然望着过去危险的面孔。

"朋友，你的白胡子扫过地面"

朋友，你的白胡子扫过地面。

你为什么站着，期待者？

你希望看到它

在你憔悴的日子里？

用你衰老的眼睛

你希望看到

正义的凯旋游行？

不要等了，朋友！

带着你的白胡子

和你衰老的眼睛

去更温柔的国度。

"一次，我学会了一首优美的歌"

一次，我学会了一首优美的歌，

——真的，相信我，——

全是各种鸟儿，

我把它们关在一个篮子里；

当我打开小门，

天呐！它们都飞走了。

我叫道："回来吧，我的琐屑思绪！"

可它们只是大笑。

它们继续飞着

直到像沙子一样

被抛撒在我和天空之间。

"如果我脱掉这件破烂的外套"

如果我脱掉这件破烂的外套，

自由地奔向浩大的天空；

如果我发现那里一无所有

只是一片广袤的蔚蓝，

没有回音，蒙昧无知，——

那会怎样？

"上帝躺在天堂里死了"

上帝躺在天堂里死了；

天使唱着送终的圣歌；

紫色的风呜咽着，

他们的翅膀滴着一滴滴

血

掉落在地上。

那呻吟之物，

变成黑色并下沉。

然后从远方

充满死亡罪恶的洞穴中

怪兽们跑出来，因欲望而怒气冲冲。

他们打斗着

满世界争吵，

为吃上一口。

但在所有悲伤中，这情景令人难过，——

一个女人的手臂试图挡在

一个熟睡男子的头上

避开最后那只野兽的吞噬。

"一个幽灵飞驰着"

一个幽灵飞驰着

穿过夜晚的深空；

他一边飞驰，一边呼唤：

"上帝！上帝！"

他穿过黑死病污秽的

山谷

永在呼唤：

"上帝！上帝！"

它们的回音

从裂缝和洞穴传来

嘲笑他：

"上帝！上帝！上帝！"

飞速地进入空旷的平原

他去了，一直在呼唤：

"上帝！上帝！"

最后的时候，他尖叫起来，

狂怒着否认：

"啊，没有上帝！"

一只迅捷的手，

一把从天而降的剑，

向他猛击，

于是他死了。

战争是仁慈的

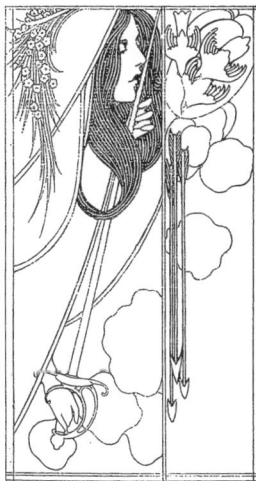

"不要哭泣，少女，因为战争是仁慈的"

不要哭泣，少女，因为战争是仁慈的。
因为你的恋人将狂野的双手伸向天空
而惊恐的战马独自奔跑，
不要哭泣。
战争是仁慈的。

军团隆隆的声嘶力竭的鼓声，
小小的灵魂渴望战斗，
这些男人生来就是为了操练和死亡。
不可思议的荣耀在他们上方飘荡，
战神是伟大的，伟大啊，而他的王国是——
无数尸首横陈的战场。

不要哭泣，宝贝，因为战争是仁慈的。
因为你的父亲在黄色的战壕里跌倒，
胸怀怒火，大口喘息着死去，
不要哭泣。

战争是仁慈的。

军团迅速燃烧的旗帜，

顶着红色和金色头冠的苍鹰，

这些男人生来就是为了操练和死亡。

向他们指点屠杀的美德，

使他们明白杀戮的卓越

和无数尸首横陈的战场。

母亲的心如纽扣一般谦卑地垂落在

你儿子明亮辉煌的裹尸布上，

不要哭泣。

战争是仁慈的。

"大海说些什么，小贝壳？"

"大海说些什么，小贝壳？

"大海说些什么？

"我们的兄弟长久对我们保持沉默，

"不肯透露船只的消息，

"笨拙的船，愚蠢的船。"

"大海吩咐你哀悼，噢，松树，

"在月光下低唱。

"他发来末日大地的传说，

"那里无尽地落下

"女人们如雨的泪水，

"而男人们身穿灰色长袍——

"男人们身穿灰色长袍——

"吟唱着未知的痛苦。"

"大海说些什么，小贝壳？

"大海说些什么？

"我们的兄弟长久对我们保持沉默，

"不肯透露船只的消息，

"弱小的船，糊涂的船。"

"大海吩咐你去教导，噢，松树，

"在月光下低唱。

"教导忍耐是金，

"呼喊温柔双手的福音，

"呼喊心灵之间的手足情谊。

"大海吩咐你去教导，噢，松树。"

"而报答在哪里，小贝壳？

"大海说些什么？

"我们的兄弟长久对我们保持沉默，

"不肯透露船只的消息，

"弱小的船，糊涂的船。"

"大海无言，噢，松树，

"大海无言。

"你们的兄弟将长久对你们保持沉默，

"不肯透露船只的消息，

"噢，弱小的松树，荒唐的松树。"

"对于少女"

对于少女
大海是蓝色的草场，
到处是吐泡的小人
在歌唱。

对于失事的水手，
大海是无生命的灰色墙壁
最高级的空白，
却在宿命时刻，
书写着
大自然无情的憎恨。

"或多或少的一点墨水！"

或多或少的一点墨水！

确定没关系吗？

甚至天空与浩瀚的海洋，

平原与山岭，超然地，

都在聆听所有书籍的喧嚣。

但仅仅是或多或少的一点墨水。

什么？

你用这些小玩意儿定义我的上帝？

我的痛苦之餐在于穿白色法袍的笨蛋

的整齐行走吗？

以及灯光的炫耀？

甚至在于仔细斟酌的布道台上

那些熟悉的谬误和真实？

就是上帝吗？

那么地狱在哪里？

给我看些杂种蘑菇

从血污中长出。

这会更好。

上帝在哪里？

"你是否曾经造出一个正直的人?"

"你是否曾经造出一个正直的人?"

"噢,我造了三个,"上帝回答,

"但是其中两个死了,

"而第三个——

"听!听!

"你会听到他被打败的重击声。"

"我讲述在夜晚如银光般消逝的一条船"

我讲述在夜晚如银光般消逝的一条船，

每一片悲伤失落的海浪的延伸，

钢铁之物挣扎的隆隆声减弱了，

一个人对另一个低声哭泣，

一个影子在灰暗的夜晚降临，

而小星星在沉没；

那时遥远的茫茫大海，

黑色的波浪轻柔地摇动

长久而寂寞。

记住吧，你，噢，这爱之船，

你留下一片遥远的茫茫大海，

黑色的波浪轻柔的摇动

长久而寂寞。

"我听到过桦树林的日落之歌"

"我听到过桦树林的日落之歌，

"一段寂静中的白色旋律，

"我看到过松树的争吵。

"夜幕降临

"我冲入小草地

"风一般迅疾的人。

"我住在这些事物中，"疯子说，

"只拥有眼睛和耳朵。

"而你——

"你看玫瑰之前要戴上绿色眼镜。"

"骑士策马飞奔"

骑士策马飞奔
踢着马刺，冒着热汗，
永远挥舞着渴望之剑。
"为了拯救我的女人！"
骑士策马飞奔，
跃下马鞍奔赴战争。
钢铁战士摇曳闪烁
像银光蔓延，
骑士金色的善的旗帜
仍在城堡的墙头飘动。

       *   *   *

一匹马，
喘息，蹒跚，血腥的事物
被遗忘在城堡的墙脚下。
一匹马，
死在城堡的墙脚下。

"率直的人向前走"

率直的人向前走
对着风自由说话——
环顾四周他到了一个遥远陌生的国家。

率直的人向前走
对着繁星自由说话——
黄色的光伤害了他的视力。

"好个傻瓜，"一个有学问的旁观者说，
"你的行为真疯狂。"

"你太率直了，"率直的人叫喊着。
当他的棍子离开有学问的旁观者脑袋时
变成了两根棍子。

"你告诉我这是上帝？"

你告诉我这是上帝？
我告诉你这是一份打印清单，
一支燃烧的蜡烛和一个蠢货。

"在沙漠"

在沙漠

来自月亮那最深山谷的寂静。

火光倾斜着落到长袍上

戴头巾的男人们，蹲着不说话。

在他们面前，一个女人

走向吹响的刺耳哨声

和滚雷般的鼓声，

这时神秘之物，弯曲，迟钝且颜色可怕，

倦怠地抚弄她的身体

或者照她的意愿，飕飕地悄悄爬过沙地。

蛇轻柔地沙沙作响；

沙沙地，沙沙作响的蛇，

梦想着，摇摆着，凝视着，

但总是沙沙地，轻柔地沙沙作响。

从荒凉河流上飘来的风

来自阿拉伯半岛，夜晚般庄严，

野火使血发出微光

照在戴头巾男人们的长袍上

蹲着不说话。

移动的青铜色，祖母绿，黄色的箍带

环绕着她的喉咙和手臂，

巨蛇警觉地爬过沙地，

慢慢地，凶险又柔顺，

向着哨声和鼓声摆动，

沙沙地，沙沙作响的蛇，

梦想着，摇摆着，凝视着，

但总是沙沙地，轻柔地沙沙作响。

被告的尊严；

奴役，绝望，死亡的荣耀，

在沙沙作响的群蛇舞蹈中。

"报纸是半真半假的集合"

报纸是半真半假的集合

由报童四处奔波叫卖，

散布它的奇谈怪论

面向百万仁慈和嘲讽的人们，

当无数家庭偎依着炉火取乐

却被可怕的孤独痛苦的故事所刺激。

报纸是法庭

每个人都受到由卑劣又诚实的人作出的

仁慈而不公正的审判。

报纸是市场

智慧贩卖它的自由

瓜皮由群氓加冕。

报纸是游戏

他的错误使游戏者得分

而另一人的本领却赢得死亡。

报纸是象征；

是琐碎生命的编年史，

是一本喧嚷故事的合集

浓缩永远的愚蠢，

在久远的年代不受束缚地生活，

在不设防的世界中漫游。

"徒步的旅人"

徒步的旅人，

察觉通往真理之路，

感到十分惊讶。

路上野草茂盛。

"哈，"他说，

"我看出没人来过这里

"有很久了。"

后来他注意到每株野草

都是一把奇特的刀。

"好吧，"最后他咕哝着说，

"无疑还有其它的路。"

"一抹斜阳照在阴暗褐色的墙壁上"

一抹斜阳照在阴暗褐色的墙壁上，

一片被遗忘的羞怯的蓝天。

一首唱给上帝的雄浑的赞美诗，

一首冲突与哭泣之歌，

隆隆作响的车轮声，马蹄声，钟声，

欢迎，道别，爱的呼唤，最后的悲叹，

欢乐之声，白痴行为，警告，绝望，

野蛮人的未知呼吁，

鲜花的唱诵，

砍伐树木的尖利声响，

母鸡和聪明人愚蠢的胡言乱语——

语无伦次地对着星空胡乱嘟囔着：

"噢，上帝，救救我们吧！"

"一个人曾经爬上屋顶"

一个人曾经爬上屋顶

向上天求助。

他用响亮的嗓音向聋了的天庭呼喊；

把勇士的喊声传到太阳那里。

看呐，终于，云层中出现了一个圆点

并且——终于啊终于——

——上帝——天空中布满了军队。

"有个人的舌头是木制的"

有个人的舌头是木制的

他尝试着唱歌，

实在是令人哀伤。

有个人听见了

这条木舌头的叨叨声

知道这个人

渴望唱些什么，

而这就令歌者感到满足。

"成功的男人将自己推入"

成功的男人将自己推入

岁月的河水中，

充满湿漉漉的错误，——

血淋淋的错误；

被涂抹上烂泥，用对小人物的胜利，

一个感恩的形象建立在金钱的基础上。

然后，用傻瓜的骨头

他购买丝绸的旗帜

勾画出他得意的脸孔；

用聪明人的皮肤

他买下所有琐碎的饰片。

抹了骨髓的肉体

提供一张床单，

一张让他安心睡眠的床单。

在清白的无知里，在无知的愧疚中，

他将自己的秘密交给心碎的大众。

"我如此辩护： 我是这样制成的。"

洋洋自得，微笑着，

他重重践踏着死者。

站立在头盖骨堆上

他宣称自己在蹂躏婴儿；

假笑着，肥胖，滴着油脂，

他以清白的无知发表演讲，

天真无邪。

"在夜里"

在夜里

灰色的浓云笼罩山谷，

而山峰独自仰望上帝。

"噢主人，用一根手指拨动风，

"我们是卑微、空虚、无用的山峰。

"允许我们快速奔跑着穿越世界

"簇拥拜倒在你的脚边。"

在清晨

人们工作的嘈杂声传到清澈湛蓝的数英里外，

渺小的黑色城市赫然在目。

"噢了解雨滴意义的主人啊，

"我们是卑微、空虚、无用的山峰。

"赐予我们声音吧，我们祈祷，噢主啊，

"我们会向太阳歌唱你的美德。"

在傍晚

远处山谷零星点缀着微光。

"噢主人,

"你知道国王和鸟儿的价值,

"你让我们成了卑微、空虚、无用的山峰。

"你只需要永恒的耐心;

"我们向你的智慧鞠躬,噢主——

"卑微、空虚、无用的山峰。"

在夜里

灰色的浓云笼罩山谷,

而山峰独自仰望上帝。

"一个死神在树梢喋喋不休"

一个死神在树梢喋喋不休。

血——血和毁坏的草地——
标明他的痛苦在增加——
这个孤独的猎人。
冷漠的灰绿森林
目睹了他四肢的摇摆。

一条船桨闪亮的独木舟，
一个目光温柔透彻的女孩，
一声呼喊："约翰！"

*　　*　　*

来吧，起来，猎人！
你难道没听见吗？

一个死神在树梢喋喋不休。

"一美元对心灵的影响"

一美元对心灵的影响
温暖红光的微笑，
从玫瑰色壁炉扫到白色桌面上，
随着悬垂的清爽的天鹅绒阴影
柔和地移到门上。

一百万美元的影响
是奴才的破产，
和波斯打哈欠的象征
对橡树、法兰西和军刀的无礼，
昔日美人的尖叫
在拉皮条的商人中沦为娼妓
屈从于葡萄酒和唠叨。
愚蠢富有的农民在人的地毯上跺脚，
那些死去的人梦想芬芳和光明
进入他们的织物，他们的生活；
一个老实大老粗的地毯

在一个神秘奴隶的脚下

奴隶总是说些小玩意儿，

忘记国家、大众、工作和州郡，

把公务帽放进嘴里咀嚼

使公务帽发出老鼠似的吱吱叫声，

公务帽。

"一个人对宇宙说"

一个人对宇宙说：

"先生，我存在！"

"但是，"宇宙回答，

"这个事实并没有在我身上创造出

"一种责任感。"

"当先知，一个自满的胖男人"

当先知，一个自满的胖男人，

抵达山顶，

他哭喊道："我知识的悲哀!

"我本想看到洁白的沃土

"和黑色的贫瘠之地，

"所见却是灰茫茫的景象。"

"一块土地上没有紫罗兰生长"

一块土地上没有紫罗兰生长。

一个旅人立刻询问："为什么？"

人们告诉他：

"这片土地上的紫罗兰曾经这样说：

"'在一些女人自由地将自己的恋人交给

"'另一个女人之前

"'我们将在血腥的混战中战斗。'"

人们伤心地补充道：

"这里没有紫罗兰。"

"我在路上遇到一个人"①

我在路上遇到一个人
他用友善的目光望着我。
他说："给我看看你的货物。"
我照做了，
提供其中的一件。
他说："这是罪恶。"
然后我又提供另一件。
他说："这是罪恶。"
然后我又提供另一件。
他说："这是罪恶。"
就这样直到最后。
他总是说："这是罪恶。"
最后，我叫起来：
"可是我再没有什么了。"
他看着我
用更加友善的目光。
"可怜的灵魂，"他说。

---

① 这首诗和《黑色骑士》里的同题诗只有细微的差别。

"是的，工匠，为我造个梦"

是的，工匠，为我造个梦，

一个给我爱人的梦。

巧妙地编织阳光、

微风，和花朵。

让它做草地的衣服。

并且——好工匠——

让一个人在那上面行走。

"每一缕微光都是一个声音"

每一缕微光都是一个声音，

一个灯笼之声——

在深红色、紫色、绿色、金色的小曲中。

水面上传来色彩的合唱；

奇妙的树影不再摇曳，

山岗上没有松柏低吟，

在别处蓝色的夜是静默的，

当水面上传来色彩的合唱，

深红色、紫色、绿色、金色的小曲。

小小的发光鹅卵石

扔到夜晚黑暗的表面上

唱起美好的有关上帝的歌谣

和永恒，带着心灵的休憩。

小小的祭司，小小的圣父

无人会质疑你赞美诗的真实，

当水面上传来非凡的合唱，

深红色、紫色、绿色、金色的歌谣。

"花园里的树木落花如雨"

花园里的树木落花如雨。

孩子们欢快地跑过去。

他们收集花朵

每个人为他自己。

现在那里有些孩子

收集了很大一堆——

他们有机会和技巧——

直到，瞧，只有偶然的花朵

为弱小者留下。

这时一个矮小瘦长的家庭教师

自命不凡地跑去见父亲，叫嚷道：

"请到这里来！

"看看你花园里的这件不公正之事！"

可是当父亲前去察看，

他劝告家庭教师：

"不是这样的，小圣人！

"这件事是公正的。

"因为，你看，

"那些拥有花朵的孩子是不是

"更强壮，更大胆，更精明

"比那些一无所得的孩子？

"为什么强壮的不应该——

"美丽强壮的——

"为什么他们不应该拥有花朵？"

再次考虑后，家庭教师深深地鞠躬。

"我的主，"他说，

"取代群星的

"是这卓越的智慧。"

复杂的剧情

"你是我的爱"

你是我的爱，
你是日落的宁静。
当蓝色的阴影带来抚慰，
草地和树叶沉睡
伴着小溪的歌谣，
悲痛属于我。

你是我的爱，
你是一场暴风雨
划破天空的黑暗，
并且，迅猛地扫荡，
每棵树湿透又弯腰，
喘息终止时
没有声响
除了一只猫头鹰悲哀的鸣叫——
悲痛属于我！

你是我的爱，

你是俗丽的东西，

在我的游戏中

轻易打碎你，

而从细小的碎片中

生出我长久的懊悔——

悲痛属于我。

你是我的爱，

你是一朵疲倦的紫罗兰，

低垂在太阳的爱抚中，

漫不经心地回应我的抚爱——

悲痛属于我。

你是我的爱，

你是其他男人爱的灰烬，

我埋首在这些灰烬中，

而我爱它们——

悲痛属于我。

你是我的爱，

你是胡须

长在另一个男人的脸上——
悲痛属于我。

你是我的爱，
你是一座庙宇，
庙宇里有一座祭坛，
我的心在祭坛里——
悲痛属于我。

你是我的爱，
你是一个卑鄙的人。
让这些神圣的爱之谎言窒息你，
因为我陷入的境地是把你的谎言当作真话
把你的真话当作谎言——
悲痛属于我。

你是我的爱，
你是一个女祭司，
手握嗜血的短剑，
而我的厄运必降临于我——
悲痛属于我。

你是我的爱，

你是一具有红宝石眼睛的骷髅，

而我爱你——

悲痛属于我。

而我怀疑你。

如果和平伴随着你的谋杀

那么我会去杀人——

悲痛属于我。

你是我的爱，

你是死亡，

是的，你是死亡，

黑暗，无尽的黑暗，

但是我爱你，

我爱你——

悲痛，欢迎悲痛，属于我。

"亲爱的，原谅我祝你伤心"

亲爱的，原谅我祝你伤心，
因为伤心时
你会蜷缩到我的怀里，
为此
我愿为你的伤心付出代价。

你在男人中穿行
所有男人都不放弃，
因此我明白
爱伸出他的手
施恩于我。

他的房间里有你的照片
一个下流叛徒的照片，
他笑了
——只是一个肥胖又沾沾自喜的男人，他了解好女人——
因此我与他分享

一部分我的爱。

傻瓜，不知道你的小鞋子
会让男人们哭泣!
——让一些男人哭泣。
我哭泣，我咬牙切齿，
我爱这小鞋子，
这小巧可爱的小鞋子。

上帝颁给我奖章，
上帝授予我显赫的荣誉，
让我可以在你面前炫耀，亲爱的，
并且配得上——
我对你怀有的爱情。

现在让我压碎你
用可怕爱情的全部重量。
我怀疑你
——我怀疑你——
在这短暂的怀疑中
我的爱情长成妖怪的模样
促成我更深的毁灭。

谨防我的朋友们，

讲话不必太文明，

因为在所有的礼貌中

我脆弱的心看到了幽灵，

欲望的迷雾

从我挑选的冒犯的话中升起；

不必文明。

我曾经送你的花

是一个突如其来的事件，

一个姿态的某个细节，

但从那些苍白的花瓣中寻找

并领会刻于其上的

关于我意愿的记录。

"啊，上帝，你小手指移动的方式"

啊，上帝，你小手指移动的方式，

当你向后伸展赤裸的手臂

并用你的头发和梳子，

一把可笑的镀金梳子，玩游戏

啊，上帝——我竟然受苦

因为一个小手指的移动方式。

"一次我看见你懒散的摇摆"

一次我看见你懒散的摇摆
——懒散的摇摆——
少女似的与其他女孩唠叨，
声如银铃，快乐，
无忧无虑怀着无疤痕女人的勇气，
生活之于你全是轻松的旋律。
我想到我所了解的爱情的狂风暴雨。
我公开的悲伤的撕裂，痛苦和羞愧，
我想到存在于我头脑中的轰鸣雷声，
我希望做个食人魔，
将我的恋人猛力拖入城堡，
在那里残酷地使用那快乐残酷之物，
使她为我的哀悼而悲伤。

"告诉我为什么，在你后面"

告诉我为什么，在你后面，

我总是看到另一个情人的影子？

是真的吗

或者这是极该诅咒的一个更加幸福的记忆？

如果他死了就折磨他，

如果他活着也折磨他——

一个自私的白痴

总是在我和我的平静之间

侵入他的阴影！

"然而我看见你与我是快乐的"

然而我看见你与我是快乐的。

我绝不是傻瓜

愚蠢地对铁进行投票。

我听到你快速的呼吸

看见你的双臂缠绕着我；

在那些时候

——上帝帮助我们——

我被激励成为高贵的骑士，

趾高气扬打着响指，

雅致地说明我的思想。

噢，失去的心上人，

我宁愿不曾做过高贵的骑士。

我说："心上人。"

你说："心上人。"

我们维持着极好的模仿

未曾留意血在滴下

从我心里。

"我听见你大笑"

我听见你大笑，

在这嬉戏中

我明确了自己痛苦的程度；

我知道我是孤单的，

与爱情独处，

可怜的颤抖的爱情，

而他，小精灵，

走来看我，

在午夜

我们犹如熄灭的篝火旁的两只动物。

"我想知道是否有时在黄昏"

我想知道是否有时在黄昏，

当装点你夜晚的华丽灯火

尚未被点燃时，

我想知道是否有时在黄昏，

你会记起一段时光，

你爱过我的时光

我们的爱情曾是你的全部？

如今这记忆是否毫无价值？

一件旧袍

在别的流行年代中磨损？

悲痛属于我，噢，失去的人，

因为此刻那爱情之于我

是天上的梦想，

许多太阳照耀的洁白，洁白，洁白的梦想。

"爱神与我在正午相遇"

爱神与我在正午相遇，

——鲁莽的小淘气，

离开他的暗夜

勇敢地面对耀眼的光，——

我那时清楚地看见他

为了一个笨拙的人，

一个愚蠢、傻笑、失明的笨拙之人，

打碎勇士的心

有如流鼻涕的笨男孩弄裂他的碗，

我咒骂他，

来来回回，反复地咒骂他，

包括他脑袋里所有的愚蠢糊涂，

但最终

他大笑并指着我的胸部，

在那里一颗心仍为你跳动，心爱的。

"我看到过你面颊火热"

我看到过你面颊火热
因为我的爱情，
你白皙的手臂变得疯狂，
你的嘴唇颤抖，喃喃低语，语无伦次。
并且——当然——
这应当让一个男人心满意足？
如今你不再爱我，
但你确曾爱过我，
与我相爱一次
你便给了我一项永久的特权，
让我可以想念你。

未结集的诗歌

我宁愿要——

去年圣诞他们送我一件毛衣，
　　一件漂亮暖和的羊毛衫，
可我宁愿冻着也要一条狗，
　　放学回来可以看。

父亲送我一辆自行车，
　　可这算不上什么好款待，
除非你有一条狗身后紧跟着
　　沿着街道飞奔而去。

他们给我买了露营装备，
　　可是原木旁的篝火
就是我想要的全部装备，
　　如果我只有一条狗。

他们似乎认为一条小狗

是人间所有快乐的杀手；

可是哦，那条"讨厌的小狗"

却是男孩们几小时的享受。

"啊，憔悴的钱包，为什么你张开嘴巴"

啊，憔悴的钱包，为什么你张开嘴巴

像个贪吃的顽童

我没什么用来喂饱你

你苍白的脸蛋从未鼓起过

你不了解骄傲的满足

那为什么冲我瞪着眼

在一个受委屈的人的样子里

你的确在惨笑

用你空空的肚子责备我

你知道我得出卖去往坟墓的脚步

若要实话实说。

哈，不要这样斜着眼，

别给我起与你有关的错误的名字

没有魔鬼会把手伸向你和我

我们瘦得没法去犯罪

什么，骗子？当你装满黄金时，我可曾挥霍过？

没给你时间吃?

不,你这黑鬼,如今你像塞满财富一样塞满谎言,

一个谎言没了就装进另一个。

"夜晚的小鸟"

夜晚的小鸟

啊，它们有好多话要讲

暂栖在那儿排成行

向我眨动认真的眼睛

描述它们看过爱过的花朵

远方的草地和果园

海边苍茫的沙滩

以及掠过树叶的微风。

它们经历的可真多

这些夜晚到来的小鸟。

"神来到一个人面前"

神来到一个人面前
对他这样说：
"我有一只苹果
"它是光荣的苹果
"是的，我以我的
"此世之前世世代代的祖先发誓
"这苹果来自
"天堂最了不起的精华思想。

"我把它悬挂在这里
"然后我会让你在此适应。
"这样——你可能够到它。
"你必须让鼻孔窒息
"控制你的双手
"和眼睛
"坐上六十年
"但是，——不去理这苹果。"

那个人这样回答：

"噢，最有趣的上帝

"这有多么愚蠢？

"瞧，你已经塑造了我的欲望

"正如你塑造了这个苹果。

"然后怎样？

"我能否征服我的人生

"哪一个是你？

"我的那些欲望呢？

"瞧你，愚蠢的神

"如果我向后推动

"幸运的六十年

"我是比神更伟大的神

"那时，满足的荣耀，

"你必将看到金色的天使

"唱着激情的圣诗

"环绕在你的宝座上方

"将比我的脚更低。"

"一个来自天空的人"

一个来自天空的人

——他们说——

用一根绳索捆住他们

一个男人和一个女人。

而对这个男人

绳索是金的

对另一个，是铁的

对这个女人，是铁的。

可是这第二个男人，

他接受了他的意见离开了

但是，天哪，

他一点也不聪明。

"树顶上住着一个灰色的东西"

树顶上住着一个灰色的东西

没人知道它视野的恐怖

除了那些在旷野遭遇死亡的人

可是有个人能看见

看见它经过时树枝在摇动

不时听到邪恶笑声如哀号

经常来到一些神秘的地方

那东西刚刚出没的地方。

"混合着"

混合着，
那儿野蛮狂欢的种族到来
恶话语，刺一般
谋杀花朵
世俗投机的恐怖。

"一个士兵，年轻，理想稚嫩"

一个士兵，年轻，理想稚嫩

活得生气勃勃如未老之人

置他的心灵和希望于责任之前

坚定地投入战争的暴风雨。

作战中痛苦的血雨腥风

令他的青春眩晕，使他的抱负备受打击，

畅饮他男子汉的清澈冷血

直到这样的时日到来

他活着不过像个白发老翁。

为此——

国家补偿他一朵花

一个小东西——一朵花

是的，却也没那么小

因为这朵花在国家的心中长大

一朵湿润柔软的花

在她疼爱儿子的泪水中盛开

即使当邪恶的战斗狂热

把他的脸变成怒不可遏的海胆，

她仍珍爱

最后将它放在他的胸前。

一个小东西——这朵花？

不——它是责任之花

吸入黑色的烟云

在流血的草地里扎根

却呈现得如此美丽，如此芬芳——

它是降生于最残忍最黑暗之地的阳光。

"一排粗壮的柱子"

一排粗壮的柱子
清醒地支撑着
已消失的屋顶的重量
晚霞的青铜色余晖穿越它们,
投射到举行缓慢仪式的地板上。
那儿没有歌唱的声音
可是,在高处,一只可怕的大鸟
正盯着一只杂种狗,挨过打受了伤,
爬进柱子的阴凉阴影里
死去。

"你高声唱出惩罚"

你高声唱出惩罚，
心灵那可怜弦乐器的扭曲之音
闪电那猛烈报复的隆隆之声。

那么我来歌唱心灵柔软的人
和强壮有力的诸神
在来世将会相遇
诸神惊奇于
人的力量。
——强壮有力的诸神——
——和心灵柔软的人——

"如果你想在人类中间寻求朋友"

如果你想在人类中间寻求朋友

记住： 他们在叫卖自己的货物。

如果你想期待人类的天堂

记住： 他们在叫卖自己的货物。

如果你寻求人类的幸福

记住： 他们在叫卖自己的货物。

如果你想给予人类诅咒

记住： 他们在叫卖自己的货物。

叫卖自己的货物

叫卖自己的货物

如果你寻求人类的关注

记住：

帮助或阻止他们叫卖自己的货物。

"少年和少女站在溪流的拐弯处"

少年和少女站在溪流的拐弯处
柔软光滑的河水波光闪闪
月光从铁杉的树枝间洒落
　　噢，忧郁的夜晚，辉煌的夜晚

少年和少女倚着桥的栏杆
两个影子漂浮在水面
风在岸边草丛中低吟
　　噢，忧郁的夜晚，辉煌的夜晚

少年和少女在独木舟中，
而船桨扬起炫目的银光。

序　幕

灯光暗淡的舞台。中央，一扇窗挂着细长的窗帘。窗前有一张桌子，桌上是一本打开的大书。一缕月光，宽不过剑身，透过窗帘洒落在书上。

片刻的寂静。

这时，从外面——想象的相邻房间——传来庆祝的声音，放荡的饮酒浪笑声。最后，突然发生争吵。打架的吵闹声和摔碎的声音。一小会儿安静。然后是一个女人的尖叫声。"啊，我的儿子，我的儿子。"

片刻的寂静。

落幕。

传　奇

I

一个人为风暴建造了一个刮风的喇叭。

聚集的风把他猛抛向远处。

他说这个乐器是一个失败。

II

当自杀的人到了天国，

那儿的人们问他："为什么？"

他回答："因为没有人羡慕我。"

III

一个人说："你这树！"

树以同样的轻蔑回答："你这人！

你比我了不起只在于你的可能性。"

IV

一个勇士站在山峰上挑战群星。

一只小喜鹊，碰巧在那儿，渴望得到士兵的羽毛，

于是拔起来。

V

摇动花朵的风

世世代代唱啊，唱啊，唱着歌。

这样的乐趣令花朵好奇。

"噢，风，"他们说，"为什么要在你的劳作中唱歌，

而我们，漂亮的受益者，不唱歌，

却世世代代闲啊，闲啊，空闲着？"

"噢，你这稀有的陈酒由我酿造"

噢，你这稀有的陈酒由我酿造
一瓶瓶的绝望
深深地痛饮这生活之酒
一瓶瓶的绝望。

骚乱流血和尖叫的梦魇
垂死者翻着白眼
婴孩那可怕而无所畏惧的勇气。

"不要用快乐的数字告诉我"

不要用快乐的数字告诉我
我们可以让生活崇高
通过——嗯，至少，不通过
涉猎太多韵脚。

"当一个种族抵达山顶"

当一个种族抵达山顶
那时上帝向他们俯身，
缩短舌头，加长手臂。
弱者看到他们死去的景象。
　月亮将不会太老
　在新军营耸现之前
　　——蓝色的军营——
　月亮将不会太老
　改变的孩子将会降临
　在新军营前
　　——这蓝色的军营——

错误和美德将被彻底蹂躏
教堂和盗贼将一同堕落
刀剑将遵照瞎子的命令前来，
上帝所引领的，只是转向召唤。
　改变信条有如置换香炉

在新军营的前面
　——蓝色的军营——
使天性冲动的刀具前进
生错的人，生对的人
新军营的人
　——这蓝色的军营——

刀剑的铿锵声是你的智慧
伤者摆出的姿态像你的儿子
疯狂的马蹄是一部分，
——啊，另一部分是母亲放在儿子额头上的手。
然后他们迅速冲向暗影，
新军营的人
　——蓝色的军营——
上帝引领他们向上。上帝引领他们远去
引领他们远去，引领他们向上
这些新军营
　——这蓝色的军营——。

"在细桅杆上漂流的人"

在细桅杆上漂流的人
地平线比瓶子的边缘更渺小
帐篷形的浪涛耸起猛击的深色浪头
泡沫在附近呜呜地打转。

     上帝是冷漠的。

海水不断升高并旋转
浪头一阵又一阵咆哮
下沉物,变绿,浸透,无休止的
剧变半途而废。

     上帝是冷漠的。

大海在那只手的掌心处;
海洋可能变成喷雾
穿越群星落雨而下
只因对婴儿的一个怜悯手势。
海洋可能变成灰烬,

随着长长的悲叹和轰鸣死去
在鱼群的骚动中
和船只的哭喊里，
因为那只手召唤着老鼠。

视野比注定要死的刺客的帽子更小，
漆黑的，汹涌的喧嚣
眩晕，天空东摇西晃，天空不见了
一只无力的手在磨亮的桅杆上滑动。
　　　　　　　　上帝是冷漠的。

外衣鼓胀着兜住空气。
一个面孔亲吻着水中的死神
一只迷失的手疲惫而缓慢地摇摆
而大海，涌动的大海，大海。
　　　　　　　　上帝是冷漠的。

"冲突是永远存在的事实"

冲突是永远存在的事实

而——接下来——仅仅是地区的感觉。

后来我们从风中获得生计。

后来我们抓住这地区的感觉。

后来，我们成了爱国者。

爱国主义的虔诚邪恶使我们成为奴隶，

并且——让我们向这虚伪投降

让我们成为爱国者

然后欢迎我们成为现实的人

敲响千面战鼓

现实的人，上帝帮助我们。

　　他们高喊着被引领向战争

　　啊——

　　他们在上千个战场成为懦夫

　　被洗劫的悲哀的纽约城是他们的履历

怒对西班牙人，这些人，在他们的任务面前是爬虫

他们给农奴取名并大量施舍给更好的人

他们假装处于自由状态，这些纽约的人们

他们衣着太考究以致无法反抗恶行。

"在褐色的小径上"

在褐色的小径上

我们听见你们的马车嘎嘎地

驶向我们的村庄,

载满食物

载满食物

我们知道你们是来帮助我们

但是——

为什么给我们留下印象的

是你们异国的快乐?

我们不明白。

(听!

载满食物的马车

载满食物)

我们哭泣因为我们不懂

可是你们的礼物构成一种奴役

食物变成一种奴役

(听!

载满食物的马车

载满食物）

我们的使命是消失

感激因为口中塞满

命运——黑暗

时间懂得

你们——你们这些一时偏执的人——

——等一等——

等待你们的机会。

"隆隆声，嗡嗡声，旋转疾驶的车轮"

隆隆声，嗡嗡声，旋转疾驶的车轮，

令人眩晕的车轮!

车轮!